Amanda Aizpuriete

Die Untiefen des Verrats

Gedichte

Auswahl, Übertragung und
Nachwort von Manfred Peter Hein

Rowohlt

Zu den in dieser Auswahl enthaltenen Gedichten aus «Kāpu iela» (‹Dünenstraße›), Riga 1986, «Nākamais autobuss» (‹Der nächste Autobus›), Riga 1990, sowie einem Typoskript noch unveröffentlichter Gedichte aus den Jahren 1990–1992 lagen Interlinearversionen aus dem Lettischen von Amanda Aizpuriete und Margita Gūtmane vor.

Lektorat Delf Schmidt

1. Auflage September 1993

Einbandgestaltung von Walter Hellmann
Satz aus der Caslon 540 (Linotronic 500)
Gesamtherstellung Clausen & Bosse, Leck
Printed in Germany
ISBN 3 498 00044 6

1980 – 1986

Lesen wirst dus. Niederschrift.
In Nachtschwärze. Schmerzenden Augs.
Kommata erloschen.
Ausrufzeichen – eine Fackel.

Lesen wirst dus dann,
wenn endlich Zeit.
Die Welle dich bettet,
ein Tief anstelle des Lebens.

Hundertmal hergesagt: Stille – ängstigt.
Lang genug. Nun nicht mehr.
Nebel zieht – dies Haus
mit weißen Fähnchen zu schmücken.
Der Tod, er ziert sich nicht, mit mir zu schwatzen.
Gleichen Schlags wir,
gleicher Dichtung.
Nachts hör ich, die fernher atmen
im Hof der Blumen, der Stille und Trümmer.

Abgeirrter Dörfer Schellenlaut im Nebel.
Den Weg an der Hand, an kurzer Leine,
redeten wir, uns gegenseitig zu finden.
Stärkerer Weg, er hätte Schwätzer nicht zugelassen,
die Unweglosigkeit ihm nicht lassen.
Wir hatten Glück. Und wir verstummten.
Schwiegen lange übers Zuhause.
Nebelzeit. Der langen Nebel Zeit.
Und erst den ersten haben wir durchmessen.

Wir, zusehends zuschrott,
weshalb hier unsre Bestattung planen,
das ewige Leben.
Führ deinen Sandturm auf gegen meinen.
Zum Abend plant ich Schweigen,
um Mitternacht wollt ein Stern ich sein,
doch gute Vorsätze hin mit dem Wind
mit dem Sand,
ach, hin mit den Türmen.
Nicht kärglicher bringt man uns heut zuschrott.
Werd früher verstummen, kürzer blinzeln,
mag sein, wir erblicken uns wahrer
bei unaufführbaren Türmen aus Sand.

Verirrt die lang erhoffte Liebkosung.
Stimmt: wo
der Stern begraben, quiemt das Gras.
Stimmt: erfüllen wird sich
der alte Fluch.
Meine Worte stärker als ich.

Der Mond sagte: «Zahl mir
für diese dichtenswerte Nacht.»
Ich: «Die Leere zahlt.»
Der Mond: «Mit scharfem Strahl
näh ich die Lippen dir zu.»
Ich rief: «Deine Dienerin will ich sein!
Ich werde die klaren Nächte abdienen,
Hundegebell, Schattenbalustraden.»
Der Mond sagte: «In meinem Haus
ist nichts für dich zu tun.
Ich dinge ruhige Dienerinnen.
Den Widerschein würdst du zertrümmern,
Brücken der Täuschung einreißen.
Find für mich eine andre Bezahlung.»
«Nimmst du Erinnerung an?»
«Selten.»
«Darin wär ich noch sanft.»
«Dann her damit und zieh weiter.»

In Ufersand jemand hier jeden Morgen
modelliert naive Najade,
die mit der Glut sich mischt,
jemand seine Najade am Abend
driftend nachts zur Tiefe.

Niemand bittet die Jungfern zu bleiben.
Auch ist an diesem Ufer wenig Platz.
Und fremdes Licht noch überm Sand
geistert nach Sonnenuntergang.

Geschnürtem Bündel irgendwann folg ich nach. Hab genug
zur Zeit am Weg. Dort, geschnürt, kann nichts
veralten.
Dort: die Zeitung in einer erloschenen Sprache, die anzeigt
der Großeltern Hausauktion,
ins Modejournalblatt gewickelte Stille, gesammelt im
Trümmerfeld der Stadt nach dem Feuer,
Kreuzworträtsel, in jedem
die eine und andere nicht erratene Kombination,
und Briefe unter Verschluß.
Lange jetzt werd ich durchblättern den Weg.

Es ist spät. Am Weg schläft der Krieg, unterm Kopf
den Schnappsack gestopft mit Leben.
So spät, daß Dichter auferstehn,
ein Leiterwagen von zahmem Wind gezogen
hier stehn bleibt. Zigeuner springen herab springen
stracks hinein in den Tanz. Der Krieg
schläft auf seinem Schnappsack, erwacht nicht
gehüllt in den Staub des Tanzes.
Scheppernder Kupferschmuck der Zigeunerinnen
wie billige Reime, wofür die Dichter
so teuer bezahlen. Der Krieg unterm Staub,
nicht beerdigt, kann erwachen noch.
Diese Dichter und Zigeunerinnen – die,
wie immer, voraussehn. Es ist spät.

Und dieser durch die Finger rinnende Herbst
wird morgen übersetztes Inbild sein.
Indianer auf Wegen des Parks im Tanzritual und riefen
mir zu: flieh nicht, Schwester!
Nimm die Adlerfeder, nimm das Ahornblatt,
nimm das Wolfsfell und schmück dich.
Unser Stamm kehrt zurück in die Weißen Berge.
Komm, mit uns und – freu dich!

Die durch die Finger rinnende helle Zeit
mit dir – Bild übersetztes Inbild.
Ach, im Morgengrauen sitzt auf der Schwelle der Häuptling
und fragt: woher so spät, Schwester?
Dein Bärenzahnhalsschmuck
verloren auf fremden Wegen, sieh, er ist
gefunden. Viel lauter immer hast du gelacht
in den Weißen Bergen...

Blätter dunkelrot auf Asphalt
wie meines Stammes Lagerfeuer.
Halt mich fester, halt mich...

Wir kamen ins Spiel damals als die Theater
abkamen von Vorhang und Dekoration –
wo brauchbar zum Tausch, getauscht
unverhohlen.
Der Wahnwitz gepriesen so oft, daß selbst Narren banal
sich vorkamen. Wörter mit ihren Bedeutungen, den eigenen,
nicht mehr stritten. Im Dämmerlicht des November
Geister und Menschen ruhig aneinander
vorbeiglitten.
Und selbst die Einsame im Regen Passantin
verstand die unsichtbare Hand nicht, den Fleck
Wimperntusche gestreichelt auf zarte Wange.

Aus der Nacht, aus den Mauern werd ich dich schrein,
durch die du geglitten, Versteck spielend
mit Wahrheiten alten und bittren.
Aus der Nacht werd ich dich schrein,
die beeidet, dir nicht mehr Zuflucht zu sein.
Widerspenstiger du, Lügner, meine ewige Verwirrung...
Was für eine diffuse Stadt.
Verschwommenes Glühbirnenmuster.
Deine Abwesenheit darüber ein Schleier.
Nein, ich weine nicht. Viel zu arm wir
ohne dich – diese Mauern, ich, und die Nacht
aus der ich dich schreien werde, lebend.

Die Brieftaube des Winters ist hergeflogen.
Im Brief die ganze Kühle die ganze Zartheit.

Der richtige Adressat du?
Der Freude liest aus leuchtenden Lettern?

Die Ferne aus der Stille?
Dessen bröckelndes Haus den Schnee zu empfangen würdig?

– Meine Briefe wo? – Am Fenstersims vermutlich, sieh nach!
– Wie still es bei dir... – Winter wirds. – Wie still...
– Du kamst.

Nimm dieses neue Angesicht, das der Regen auswäscht.
Nimm meine naßgewordenen Schultern.
Ohne Obdach, ohne Verpflichtung nimm
diese schwere Last.

Es regnet noch. Deine Hände haben die Schrift von Farn.
Es regnet noch. Gesegnet sei deines Mundes Wärme.
Es regnet noch. In deinem Leben hatte ich keinen Platz.
Es regnet noch. Auf Gesetze regnet es.

Einst zeichnet ich eine Karte – auf der
alle Städte deinen Namen trugen.
Gestern erzählt ich von dir dem Abend.
Morgen der Tag wird warm sein und sonnig.

Wenn Nachbarn fragen:
«Woher so glücklich?»
Nicht nennend dich, sag ich:
Vom Regen komm ich. Vom Regen.

Ins Glas Wein gefallen eine Flocke Schnee.
Das Jahr ganz jung noch, und ein Deut Jugend
auch für uns. Ein Glas für beide.
Vorsicht, trink nicht zu schnell,
nichts verschütten! Tischtuch und Schnee so weiß,
von Schicksal noch keine Spur, Vorsicht!
Passiert! Erster Buchstabe und Tropfen Wein im Schnee,
das Jahr gezeichnet, und ein Deut Jugend
spielt im Glas noch. Ich werd nicht trinken.

Hinterm Nachbarhausfenster die Alte
das neunte Jahr legt sie Patience.
Im Nachbarjahrhundert lacht Carmen,
gießt Blei, silbrig weiß,
im erkaltenden Metall
wird das Messer und Freiheit sie blitzen sehn,
einzige Möglichkeit, wahrzusagen
sich selbst, ohne Geflunker.
Das halbe Kartenspiel aufgeflogen,
durchs Klappfenster schon auf und davon,
ungesehn von der Alten.
Im Treppenhaus weint die Kleine von oben.
Puppe im Arm. Das Unglück: die Puppe schließt nicht
mehr die Augen.
Wird schon vorübergehn, tröstet die Alte.
Schlaflosigkeit. Menschen passiert das auch.
Wird vorbeigehn. Weiß ich zu gut.
Schlaflosigkeit und Alter, Blitzen des Messers –
gehn vorbei. Ohne Geflunker.
Die halbe Nacht, offnen Augs wird die Kleine sich mühn,
nicht die Puppe allein zu lassen in ihrer Schlaflosigkeit.

Wie dich bewahren vor Mädchen und Frauen, die ich war?
Wie dich nicht lehren ihre Sprache und Illusionen?

Wer gab mir das Recht
ein letztes Mal von vorn zu beginnen – zusammen mit dir?

Sieh – langsam und festlich altern die Dinge.
Wie können wir jene werden, denen Altern zu Gesicht steht?

Ein Gast fehlt dem Sommer – und er schließt
die Tür nicht zur Nacht.
Heiße Bö streicht durchs Dunkel, wo wir begraben.

Ein Gast fehlt dem Sommer – und heraufsteigt
beängstigend früh der Tag, schlägt an die Scheiben.
Aber schreit nach uns nicht. Nach jemand anderm.

In diesem Sommer ist unsre Wohnung,
doch Friede erst, wenn in fernem Glück verschwundenem
Gast wir entgegengehn.

Hier aus herbstlichen Körpern
schwindeln wir uns.
Ackerwinden klettern in naßkalten Himmel
und blühn noch.

Ein verwuchernder Garten, begonnenes Glück und
begonnener Pfad.
Das alles die Wahrheit.
Lügner wir.

Beim Herbst, bei meinem Leben
schwör ich: ich will nicht fort.
Die Ackerwinde blickt von oben,
fragt: «Hier gehst du zugrunde?»

Der Wein sauer geworden, und Zärtlichkeit verregnet.
Wovon diesen langen Winter leben?
– Vom Winter.

Schneewehen über alle Wege.
Womit den Herd heizen?
– Mit Schnee.

Wie verschneit dein Haar und dein Mund
wie rot...
– Ich halte die Lippen warm, an deinem Namen.

Selbst solch einfacher Pfad führt weiter als einer selbst –
zum Haus, zur Chaussee oder der Nacht.
Ebenso überflüssig die Mühe, sich in der Nähe zu halten,
wie feierliche Inschriften auf dem Grabstein.

In diesen Worten halt ich mich nicht.
Werde nicht auf der Treppe sitzen, als wär der Schlüssel weg.
Ausgetobt der Herbst. Schnee, Schnee –
wie die Trauer – still.

1986 – 1990

Dieser Abend scheint verdorben.
Unter der Rinde des prächtigen Sonnenuntergangs – nur
Bitternis,
die Geheimnisse aber fort ins andre
Zeitalter geflogen... – Nun, was blickst du zur Wand?
Denkst du, es wäre Zeit, die Tapeten zu wechseln?
– Nein, aus welcher Richtung im Morgengrau der Vogel
kommt, überleg ich –
aus der des Glücks oder Unglücks?
– Einübung in die Vogelschau? – Nein, ins Fühlen.
Falls ers nicht schafft, herzufliegen...

In dieser Rechnung muß ein Fehler sein. Zu einfach
bekommst du das: viermal eine Wand – das Schicksal
oder die Pflicht. Und zweimal zwei Hände –
noch nie bestätigte Zahl von Wänden, die man bauen muß.
Ich weiß genug über meine zwei Hände,
über die Proportion von Zwielicht und Licht im Netz der Venen,
über das Eis in den Fingerkuppen und unsinnig zarte Haut.
Über Wände weiß ich wenig. Über Fenster – mehr.
Über Türen – genug, um nicht zu bezweifeln,
daß man beim Rechnen an sie erinnern muß. Die Türen
können sich öffnen und alles durchkreuzen.

Private Ereignisse?
Tauwetter, Schlaflosigkeit, Regen.
Die Augenzeugen? Ergraut.
Die Bushaltestelle verlegt an einen anderen Platz.

Deshalb hattest dus so weit – stolpernd über Asphaltrissen.
Wie über nicht zugeschütteten Gräbern guter Vorsätze.
Weshalb ich lache? Ich denke, der Sand
wird das alte Haus heut nacht endlich begraben.

Er bemüht sich schon lang. Wind kommt auf.
Wieder fehlts uns an Zeit.
In der Stadt zum billigen Mondlicht
wandeln die Augenzeugen unseres Glücks.

Nichts bring ich in Ordnung.
Sollen Zeiten und Dinge durcheinander bleiben in allen Ecken.
Ich weiß, diesem Augenblick fehlt der Glanz:
Diese alte Dekoration und verstaubte Bühne.

Was spielt sich ab? – Ein hoffnungsloses Wunder.
Wohin jetzt? – Den Scheinwerfer ausschalten.
So liebe ich dich, wie die Dämmerung liebt,
Zärtlichkeit gibt deinem Gesicht.

Eine jüngere, noch jüngere Schauspielerin ist nötig
für diese Rolle:
da alle Winde mit ihrem Gesicht spielen wollen.
Du taugst nicht – deinem Gesicht sieht man an, daß du
irgendwann denkst,
auf der alten Streichelspur schwindet die neue zu schnell,
und darum wollen die Winde nicht spielen mit deinem Gesicht
und der Regisseur geht an dir vorüber, von Zweifel geplagt.

Auf einer Kreuzung – und zwei Messer in der Eiche,
in den Griffen Zeichen unsres Geschlechts,
in den Klingen – bis zum Herzen Rost.
Wieviel erinnre ich denn? Etwas vom Nebel
im Haar des Bruders, etwas von der Dämmerung
in der Stimme des Bruders. Und welchen von beiden
erinnre ich näher? Rost bis zum Herzen.
Die Eiche am Leben. Lang wird die Kreuzung noch
Schatten werfen.
Zwei gleichgezeichnete Griffe fallen mir in die Hand.

Kalte Worte meide ich, und wie ich sie meide.
Doch Wind kommt auf, wie Zweifel aufkommt,
treibt an die Schwelle das Boot – und im Boot G. G. Byron,
so stolz und mißraten, wie nur Dichtung es sein kann.

An der Schwelle das Boot, die Karosse oder Metro,
und ein eisiger Wind reißt aus der Hand uns die Klinke.
Das bißchen, die Prise Sturm in mir
läßt mich zumindest nicht erschrecken.

Lassen wir die Feuernacht.
An niedergebrannten Häusern herrscht kein Mangel auf Erden.
Lassen wir des langen Regens Pladdern.
Nicht nur auf unserm Hinterhof wachsen die Pfützen.

Erinnere dich – eine Sammeltasse mit Kranichen hatten wir.
Ob sie in Scherben oder auf und davon gingen?
Schlaflosigkeit und Tee tranken wir abwechselnd draus.
Schade, daß unsere Kraniche futschgegangen.

Hoffen wir, sie fliegen dort in einem andern Leben.
(Aschenrest auf Nebelschwingen
wie aus fremdem Vers eine Zeile.)

Sieh – sturmhinterlassen ein Muschelmuseum.
Eine schöne Muschel? Steck sie ein.
Hier dürfen Besucher stehlen.
Vielleicht entdecken wir im Sand die Wurzel des Sturms?
Wird nichts. Nah die Nacht.
So nah, daß der Augenblick sinnlos wird wie
die genaue Niederschrift des Gesprächs.
Noch zu hell, als daß ich mich traute dir
von der Stirn die Furchen zu küssen.
Das Leben neu beginnen – zu spät, Dunkelheit keimt
in Muscheln und unsern Knochen.
Und wenn Zukunft uns läge im Sand?
Wird nichts. Die Nacht blickt wachen Auges.
Wir sind ins Museum eingetreten,
hätten zur Zeit des Sturms kommen sollen.

1990 – 1992

Frühling, wenn man fortgehn möchte,
solang alles noch so durchsichtig, daß es scheint:
niemand gehört niemandem
und Sonnenstrahlen was uns einzig verbindet.

Vielleicht aus Zeitungen dieses Winters einen Drachen
zusammenkleben,
auf einen windigen Morgen warten und fortgehn auf der
Drachenfährte?

Man darf nicht verweilen.
Die Luft vergattert, und
aufgeschlagen gespenstig weißes Blatt
von Narzissen – Unterweltgöttern geweihter Blumen.

Sieh die Schmierenbühne, auf der ich
mit letzten Kräften mich halte.
Sieh der Welt riesigsten Jasmin,
der einst auf meinem Hof wuchs,
und höher – den Spalt im Nachthimmel,
durch den der Engel einst absprang,
die Flügel ließ er zuhause,
wissend – gleich und gleich nur
bespricht sich in Ruhe.
Die Knöchel jasminbleich, zerschlagen,
schimmerten morgenhin auf der Rampe.
Vom Glanz geblieben nur
stummes Würmchenglühn,
fern der Engel mit seinen Schwingen.
Wie Hieroglyphen, weiße Tusche, fahl
schimmert in Staubkulissen unser Gespräch,
Jasmin ein Duft verloren darüber.

Auf den Märkten aber bieten sie Goldschmuck
aus Gräbern. Und weißt du – man kauft.
Meine Schubladen voll von Verzweiflung und
unverkauften Gedichten,
aber die Seele ausgesprochen im Wort – ist offenbar Sünde.

Auf von Polarlicht und Motten zerfreßnem Sofa
sitzt ein Gast, eine Frau, Schlangen aus uraltem Gold
an den Armen.
Ein wenig seltsam ists ihr wie ich lebe.
Ja – nichts in meinem Leben was nicht zerfallen kann
zu Asche.

Dann plötzlich in altem Bild sich erblicken
so nie gewesen, in Lumpen und Licht
in der Welt alter Meister, mit soviel
grundlosem Scheinen.

Nicht entgleisen, auf grauer Strecke bleiben,
nicht Wohlstand in alle Winde streuen,
nicht sichere Ziele verlieren aus den Augen,
doch plötzlich in altem Bild sich erblicken
so nie gewesen...

Während Ausweglossein uns vereint,
malt im blauen Ausschank der Jugend
Picasso dein ewiges Antlitz.
Nein, ich werd dies Bild nicht kaufen.
Fieberwahn schlägt aus dem Rauch, und der Engel fliegt
schüttet Absinth in dein Glas.
Kriege hinter den Türen irreale Zukunft
und schon bersten die Wände.
Der Engel hat eine Maske aus Samt, Flügel aus Lehm.
Während Ausweglossein uns vereint,
jeder Ausweg trennt,
malt Picasso – und die Kunst
wie seit Zeiten, ist herzlos.

Krankhaftes Abc des Zweifels
wie Schatten überm Weg. Ah... aber...
Ins Netz verhedderte Schritte,
noch einmal der Sturz, auf Kies mein Gesicht.
Ah... aber... nein...
Wie Kies die Sprenkel in deinen Augen
auf fernem Pfad. Ich komm nicht dahin.
Lese das Buch, les mich dran blind,
wo anstelle des Lichtes ah
anstelle des Kusses aber
anstelle des Weges tödliches Nein.

In mir ist Leben in Überfülle,
und der Pestkarren poltert einher –
zum Gluckern der Ungeborenen in mir
wie Tafelsilber versteckt in der Erde.

In mir ist Leben in Überfülle.
Am Himmel berittne Kohorte,
doch glaubt nicht ans Ende mein Körper.
Verurteilt für seine Leichtfertigkeit
von kühlem Verstand – zum Gurren
der Ungeborenen: wurdest... wurdest... wurde.

Ich höre vom Schlachthof Tiere
brüllen den Sterbensvers.
Weiß ungewollt die bittre
ganze Zeit, wohin ich geh.

Die bittre ganze
Zeit in ungemähtem Löwenzahn –
in Gold und Honig ich mich stranze.
Zueigen mir nichts sonst mehr.

Nichts Schöneres mehr wird kommen. Weißt du das?
Und dieser Moment hat gar nichts Festliches.
Kein Engelchor singt, und der Asphalt treibt keine Blüten.
Keine Kohlen da aus dem Schuppen und die Wohnung,
bald kalt.

Nichts Schöneres mehr.
Im Blut weniger Licht,
in Kindern mehr Fremdheit, und wachsend trockne
Kronblätter
in den alten Blumen des Teppichs.
Wie zerschrammt die Schallplatte, der du lauschst
wie unerwarteter Festlichkeit oder der Freiheit unerreicht!

Ich ähnle meiner Ururenkelin.
Genau wie ihr gefällt es mir
schwarze Kleider zu tragen,
alte Filme zu sehen
und barfuß zu gehn – auf den wenigen Wegen,
wo mans noch kann.
Sehr viel weiß ich nicht über sie.
Die Fensterscheibe der Zeit ist von beiden Seiten verstaubt,
doch eine Ähnlichkeit ist noch spürbar:
genau wie ich hat sie keine Angst vor Dunkelheit
und versteht es nicht, glücklich auszusehn.
Die Sprache, die sie spricht, kann ich nicht hören
oder versteh sie nicht.
Wer sagte, daß merkwürdig sind meine Augen heut morgen?
Ich bin ein alter, stumpfer Spiegel,
in den meine Ururenkelin lang blickt diesen Morgen.

Frühling verfrühter du, zerbrechlicher du,
wie höhnisch die Autos über dich hinschnauben.

Kleine Blume am Rand der ewigen Baugrube,
was blühst du noch? Der Kampf ist ausgefochten.

Der Bagger ist stark und schön.
Kleine Blume! wie die Blütenblätter dir glühn!

Frühling und Liebe, natürlich –
unser letzter Schmuck.

Wieder beginnen Gedichte
mit Ich und Mein.
Gedichte beginnen,
wenn im Kopf tönt:
wo bleib ich?
wann ist mein Ende?
Dieser Tag wie eine Blume bringt er sich
mir. Dir auch – daran zweifle ich nicht.
Ich beraub dich doch nicht etwa?
Diese Nacht, wie Panzer rollt sie
über mein Hirn.
Ich hoff, nicht über deins.

Geh mit dem Schwamm über deinen Jubel,
kehr deine Slogans aufs Blech.
Im Gleichschritt schreiten die Welten,
die ausreichend Sonne hatten.

Schweig, wo du am Scheideweg bist,
streite dich nicht, Ordnung muß sein.
Ein Stückchen Jenseits wird dir zuteil,
köstlich wie ein vergifteter Apfel.

Mit Bündeln Tierfell
und Händen voll Rubinen
kommt keine Lebenszahlung.
Nimm, was dir zusteht,
nimm schwarze Kopeken
und zieh weiter, Schwester.

Selbst Leidenschaft wirds nicht geben – nur Mitleid.
Wie weißen Mull zerreiß in Binden das Leben,
raff dich auf, fremden Sehnsüchten Nahrung zu geben
wie fremden Kindern.
Deinen Wunsch zu vergehn, gib nicht zu.

Mit meinem in Warteschlangen verbrachten Leben,
der in Müdigkeit verbrachten Liebe
find ich mich ab. Im Geschäft gibt es keinen Wein,
der Trinkspruch bleibt trocken: Auf dich, Stumpfsinn!
Ich lege beiseite die alten, vergeblichen Mühen
lebendig zu sein, sieh nur, in der Ecke schimmern sie billig
wie im Museum die Rüstung, in der keine Leiche steckt.

Dies in Fetzen gehende Leben –
selbst es umzuschneidern sinnlos.
Die Vogelscheuche soll Staat damit machen.

Aus Löchern Dunkelschimmer
wie schwarzes Perlornat.
Wird auf die Fetzen der Geier fliegen

oder zumindest der Wind?
Oder muß ich mich selber packen selber vergraben
im Garten, daß nicht Ratten danach scharrn?

In dieser Behausung fand
für meinen Tod sich kein Platz.
Die Treppe zu steil,
zu hart das Sofa.

Bei Regen stapft einsam
mein Tod umher,
stellt den Schirm zum Trocknen
ins nächste Café.

Im ersten Schnee
blitzt sein Plattfuß ums Haus.
Hunde kläffen ihn aus,
Kinder äffen ihn nach.

Der Sommernacht ins Herz
wie in einen Apfel beißt mein Tod.
Will ich anrufen, hör ich
im Hörer sein Gähnen.

Diese Behausung ist meinem Tod
lieber als mir selbst.
Bis zum letzten Atemzug
wird er Wache vor ihr stehn.

Dir laß ich alles, was einen Sinn macht:
Wecker, Bücher (die kann man verkaufen oder verheizen),
die Schatten in den Ecken – gut zur Zerstreuung zuzeiten,
und den in Kerbela gekauften Rosenkranz.
(Erinnere dich, ich erzählte dir, daß auf den Straßen Kerbelas,
Allah preisend, tagein tagaus Särge getragen werden
zur Moschee, wo das Grab des Heiligen Imam Hussein,
und die Toten dort sind vielleicht tatsächlich glücklich. Frauen
alle in schwarzen Überwürfen, ohne Haar, ohne
Schultern, ohne Knie – schwarze Falten bis zur Erde,
ja, wie Schatten riesig in den Zimmerecken.)
Die kleinen schwarzen Rosenkranzperlen reihn sich zu
einer Kette
für einen zarten Schwanenhals.
Drei Koffer mißratene Worte
und einen Rucksack Müdigkeit
nehm ich mit.

Wie Araber Zeilen wiederholen
in ihren bizarren Versen –
wie flüsternd im leisesten Augenblick,
wenn man meint, nicht gleich gehört zu werden,
oder wie schreiend, wenn man schreit,
damit man die eigene Stimme hört
zurückkehrend, um des Nachtklosters
Angstzelle zu füllen
mit sich – oder der Stimme zumindest,
schon selber im selben Augenblick am Ende.
Wie Araber Zeilen wiederholen –
einfach um der Schönheit willen,
wie auf jener Tapisserie,
die an der Wand
meines Kindheitszimmers bleicht, zu mir
zurückkehrt manchmal nachts
auf Vogelflügeln –
weiß nicht, von woher
diese Vögel fliegen,
wie Zeilen von Arabern wiederholt.

Palmenstümpfe im Sand
wüst mit Panzerketten und
Läufen von Maschinengewehren.
– Oase, Oase! äfft das Echo
oder Erinnerung. Der Krieg
kommt in meinen Alpträumen nicht mehr gesichtslos.
Zusammen in einer Oase geboren wir zwei,
er mein ewiger Bruder Kain.
Im Kriegsgefangenenlager jenseits das Leben sei
schlimmer als das im Lager diesseits des Flusses.
Sie leben von Luft und Salz, wir leben von Lehm und Öl.
Doch der Parademarsch setzt plötzlich aus –
der Dirigent erinnert sich: der Krieg geht weiter.

Als vom Typhus ich gebettet und geschoren das Haar,
in vereister Bürgerkriegsstadt die letzte Lampe erloschen,
was konnte dein Brief dort noch?
Dies Blatt Papier in Händen
gekrampft wie am Schicksal. Weißer Fleck im Dunkel –
im vereisten Traum, ohne deine Stimme.

Ich kann dich nicht erreichen.
Flaggen werden gehißt und runtergeholt,
Regierungen wechseln und Jahreszeiten,
Nordlichter und Raketen wetterleuchten.

Ich kann dich nicht erreichen.
Vielleicht ist deine Nummer schon außer Gebrauch,
ein anderes Leben und Geheimnis?
Vielleicht, unbemerkt, ist einer von uns gestorben?

Ich kann dich nicht erreichen.
Undenkbar, daß du mich nicht erkennst,
gleich wo, in welchem Reich oder Staat,
du mußt im Telefon meine Stimme hören:

– Dich erreichen konnte ich nicht
so lange...
Und den Hörer reißt dir der Wind fort,
die leere Hand schmerzt wie ein Verbrechen.
Du warst mein einziges Geheimnis.

Was machst du in jener fernen Nacht
jenseits des Mondes?
Dein Name zergeht wie ein Salzkorn auf der Zunge,
dein Schatten spielt Versteck
diesseits des Mondes.

An die Wand der Welt möchte ich dein Profil in dieser Nacht
mit einem Stückchen Mondlicht zeichnen,
aber es gibt keine so saubere Wand.

Das Leben ist zur Hälfte gelebt.
Die Flüchtlinge und Gefallenen unserer Generation schweigen.
Was machst du in jener fernen Nacht
jenseits des Mondes?

Wenn der Saft siedet unter der ruhigen Schale der Früchte,
der Schmetterling verendet, im entflochtenen Geflecht
des Tages hoffnungslos verfangen,
auf den Flügeln des Schmetterlings unenträtselt – wie
dein Gesicht – schwindet die Schrift,
schmelzende Waben und vom Gedicht bleibt nichts als der
schwarze Docht der Leidenschaft.

Dort im schattigen Garten des Ozeans
zwischen Korallen und Algen dein Lorbeer
stolz und kühl. Schatten spielen mit
glänzenden Blättern. Von fernher kommender Strahl
baut winzigem Stern ein Nest im Gezweig,
Blatt um Blatt ins Geäder dein Wort
ein Geheimnis, ein Spiel mit dem Schatten,
langsam reifender Perle Licht –
so schwer zu lesen. Doch schwimmt in der kühlen
allen Fahrwassern fernen Welle
dein Lorbeerkranz.

Ewig – wie kindisch das klingt!
ewig werde ich diesen
Herbst lieben. Nicht dich in diesem Herbst,
sondern den Herbst – so mild in seiner Ermüdung
wie du, an frühem Schnee so ergraut
wie du.
Ewig – bis ans Ende der Kindlichkeit,
ebensogut kann mans Tod nennen,
werd diese sanfte Sonne ich lieben,
die mir in die Hände gerollt ist diesen Herbst.

Einige oberflächliche Reime
summen noch in unserem oberflächlichen Leben.
Kuchen und Buletten wieder
zusammengewürfelt auf einem Teller.

Auf dem Herd schäumt Kaffee über,
im Fernsehen wird der Mörder gefaßt.
Dazwischen – unpassende Zeilen,
die kalt lassen.

Retten, was noch vom Kaffee zu retten ist,
den Krimi zuende gucken,
und dann ehrlich
meine einprogrammierte Hast zerfetzen –

bald werd ich das können. Bald.
Schlag diese Fliege tot! Sie summt
so zudringlich wie der letzte Reim.

Dieser Tag, wenn alle Geld haben
und mir allein fehlt es wieder,
wenn der Himmel auf mich niest
und im Bauch der Kindesteig geht...

Ist mein Haus, das niegebaute, abgebrannt,
oder der Schmetterling vor der Zeit niedergegangen,
auf den ich morgens hätte treffen sollen?
Dieser Tag streicht alle undeutlichen Danach.

Es bleibt allein dieser Tag –
Brot, das tägliche, und der Zauberkreis,
mit höflichem Lächeln bewirtet man mich,
und an den Marktständen schrumpfen die Preise für Verse ein.

Irgendwo zwischen Eingebung und Wirklichkeit
am Rand dieses sehr staubigen Weges
saßen wir eine Weile nebeneinander.
Ob auf Stein oder Sofa – besagt nichts,
dies ist der Weg, der durch ein Haus drängt.
Uns gelang, einander mehr als
die reine Wahrheit zu sagen. Verdächtig glänzend
die Wörter – als tauschten zwei Kinder
Spielsachen miteinander aus.

Wenn freie Zeit ist zu finden
und ein Gran freie Seele in mir,
freier Fleck nirgends fürs Blatt Papier – meine Freiheit
bleibt ohne ein Wort. Meine Freiheit:
in Kindern unsterblich zu sein in sterbender Welt,
zwischen Blumen zu liegen in hinloderndem Garten.

Das Haar werd ich herbstbunt färben
und Vogelbeeren tragen zum Markt.
Nach den Frösten soll endlich das Leben beginnen.
Das süßeste meiner Leben wirds sein.

Also, wem die Beeren? So rot und billig.
Ihr geht vorbei? Ach – es behagt nicht die Bitterkeit?
Nach den Frösten ist alles schon bittersüß geworden.
Alles – süßbitter. Der stolze Markttisch beladen
mit finstren Gästen und Geldgeklimper.
Wer zuzahlt, dem glüht noch das Biwakfeuer des Herbstes.

Mir die ordentlich mir steht die Rede zu mit mir – der
Unordentlichen
bei Nacht und Nebel, wenn elektrisches Licht rankt,
in reiner Zimmertiefe Kinder und Gatte versunken und
für den Moment unwichtig scheint, ob schmutzig die
Wohnung oder sauber.

Schwarze Tulpen sprießen aus den Fingerkuppen.
Die Hände muß ich spülen später lang unterm
Wasserhahn.
Schwarze Schmetterlinge fliegen längs meiner Lippen.
Morgen der Schwatz am Frühstückstisch wird mir Ärger
bereiten.

Wie gauklerisch die Gemütlichkeit. Wie rasch
entzwei die Spielsachen.
Aus allen Himmeln an diesen einzigen Ort
sind wir gefallen... wie früh bricht der Morgen an.

Waldquelle. – Deine Hände von Himbeeren rot,
spüls ab! – Das Wasser so rein, ich will nicht
auch wenn der Saft noch so süß.
– Das verdirbts nicht! Auf ewig rein das Wasser, sie hat hier
gebadet. Sie, die Blumen pflanzt
auf vergessenen Grabhügeln und weggeworfene Lieder
sammelt. – Hast du sie gesehn?
– Nein, doch die Quelle ist rein auf ewig. Spül die Hände!

Das Ende kommt näher, erleichtert den Atem.
«Eine kleine Bitte an die Nichthergehörigen – verlaßt
diese Räume!»
Ich bin die Nichthergehörige, ja, gehör nicht her,
dunkle Worte zu lautlosen Halsketten auffädelnd.
Wie ein Kind verirrt trinkend die Milch des Nebels
in dieser Freiheit, der ich nicht zugehör.

Ein geringes Opfer,
ich kenn meinen Preis.
Will nicht geführt sein
in der Vermißtenliste.

Eine alte Gewohnheit – Verse von Bäumen, vom Himmel
zu langen
oder aufzuheben vom Asphalt, und nur mit Müdigkeit zu
zahlen,
für wieder neue Traurigkeit sie zu verkaufen.
Aber über dich – alle Wörter gehören mir selbst,
ich fühl mich nicht als Schuldner der Sonne, des Todes,
der schneeigen Kiefern.
Eine Ewigkeit dauert deine Beerdigung – nahezu ein
ewiges Leben,
und ich wollte sagen, aber der Kiebitz der Angst wuchtelte
her,
weils keine Worte waren passend zu einer Beerdigung.
Und was wird bleiben nach mir? – Ein Federstrich der
Stille.

Zuträgern befreundet, Auskünften zugängig
geboren und aufgewachsen bin ich
in diesem Land das jedes Geheimnis klärt.

Zuträgern befreundet, Auskünften zugängig
die Untiefen des Verrats ermessend
tränen meine Augen nicht mehr.

Wenn ihr könnt, verzeiht mir die sinnlose Müdigkeit
und die Gewohnheit über nichtige Dinge zu reden.
Manchmal ergibt aus dem Nichtigen sich ein Untertext
und der Müdigkeit wachsen unerwartet Flügel.
Und verzeiht, daß ich den Tod noch ein Mal beim Namen
nannte,
ich weiß keine andere Art, ihn in die Flucht zu schlagen.

Ich hab sie geliebt, diese verheerte Meerbucht
hab sie zu all meinen einsamen Festen
geladen oder ich war ihr Gast.
Jetzt werd ich in dieser Stadt keine Feste mehr haben.
Über das müllbesäte Leichentuch des Sandes
darf man gehn, um Abschied zu nehmen. Die Sonne scheint
und die Trauergäste sind heiter. Die machtlose Liebe
kann man, wertlose Münze auf Wiederkehr
in die verbotenen Wellen werfen.
Ich hab sie geliebt diese Meerbucht – und zugelassen,
daß man sie umbringt.

Ein Überwurf von Hermelin um die Schultern –
so warm und königlich dieser Abend
auf dem Thron deines brüchigen Vertrauens.
Gelogen hab ich, ja, aber dich nicht angelogen,
ein Schutz vor kantiger Häßlichkeit meiner selbst
die schöne Lüge. Und bleibts
wenn wieder zur kalten Welt ich hinabsteig
vom Thron. Geflunkert hab ich, doch jetzt
spielen wir nicht jenes Spiel
wo Geflunker hilft. So königlich
frei von Zweifel zu sein und ohne Bemühn
Runzeln in Spitzen, Hoffnungslosigkeit in Gelächter
zu verstecken, Trumpfasse den Abend lang
in der Hand zu behalten – für ein ganzes Schicksal.

Was wird dir bleiben von mir,
Töchterchen Grünaug?
Die Trübnis – ihr könnt sie euch
teilen beide. Die größere Hälfte
dem Meer, es erinnert
in jüngeren Jahren mich
ohne Angst vor der Tiefe.
Aber behalt dir den Morgen
als ich das Meer dir schenkte,
mit glänzendem, warmem Fell den
dunkelblauen Teddy. Und
vergib ihn an niemand andren,
das Wichtigste – gib nicht der Zeit
jene Nacht als der Mond kam.
Du warst so klein, licht anzusehn
wie ein Stern – in derselben
Sprache girrtet ihr,
mit dem Mond wolltest du,
aber im Namen der alten Freundschaft
stimmte er zu, später zu kommen.
Mein Mondring liegt in der Schublade,
eiskalt, ungetragen –
rühr ihn lieber nicht an.
Wenig wird dir bleiben von mir,
grünäugiger Spätling.
Einige Blätter Papier,
die schwierig zu lesen.

Nachwort

Woraus erwächst große Poesie? Lettische Dichtung ist weitgehend unbekannt. Allenfalls weiß man, es wurden und werden Dainas gesungen an der Rigaer Bucht. Aber Herders Versuch, solche Lieder des Volkes als im Kanon der Literatur gleichwertig ureigene Stimme der Poesie ins Bewußtsein zu bringen, ist nicht so recht über die Ostsee, das Mare balticum gedrungen. Das hat Gründe, die aufzudecken mehr als Wissenschaft verlangt. Man hat die Dainas ins Deutsche übersetzt und zur Kenntnis genommen, daß lettische Dichtung bis weit ins 19. Jahrhundert nichts anderes als Volksdichtung war. Die Volkspoesie scheint bis heute Grundsediment der seit den zwanziger Jahren sich urbanisierenden, aber weder in ihrer ersten noch in der zweiten Avantgarde der fünfziger, sechziger Jahre von ihrem Ursprung sich lösenden lettischen Dichtung geblieben zu sein. Sie steht im Selbstverständnis für die eigene Freiheit schlechthin, legt so auch den Grund für die auffallend gesellschaftliche Verankerung der Literatur, in deren Thematik sich Weltoffenheit und existentielle Bedrohung paaren. Wieweit das heute noch uneingeschränkt gelten kann, ist die Frage. Seit dem voraufgegangenen Jahrzehnt meldet im Zeitklima sich ein Wandel an, ablesbar nicht zuletzt an den Niederschriften der Amanda Aizpuriete, an ihren nach 1990 geschriebenen, in dieser deutsch erscheinenden Auswahl ‹Die Untiefen des Verrats› erstmalig veröffentlichten Gedichten vor allem –, wie unverkennbar diese auch dem bedrängenden Hintergrund gesellschaftspolitisch geschärfter Poesie im Tief der Sowjetzeit sich verdanken. Die Zeit im wieder freien Lettland ist indes bedrängend geblieben, in materieller, aber auch anderer Beziehung zweifellos sogar bedrängender geworden, und nicht nur der Empfindung nach. Die vormals nur heimlich zu rühmende Solidarität der Ostblockjahrzehnte ist auch hier zuschrott gegangen.

Die Gedichte der Amanda Aizpuriete leben aus dem Tag für Tag von heute. Was sie von der in den Vordergrund tretenden zeitgenössischen Lyrik im Westen unterscheidet, ist vor allem, daß die Moderne in ihnen nicht vorkommt, Beliebigkeit nicht zugelassen wird. Dabei haben sie ihre ganz eigene, neue Stimme, sind schlicht große Poesie.

Die Szene dieser Poesie, die Bühne? – Die Frage und warum so gestellt, erklärt der Blick, Blick vom Rand eines Ich/Du, opak/transparent vor der Festlichkeit des Alters einfacher Dinge wie Tag, Nacht, Wind, Sand, Meer, oder Nebel, Feuer. Was an zwei Grenzlinien reichend, ufer- und horizonthin sich öffnet, ist, in Trauer durchmessen, die geliebte Meerbucht, Landschaft der Kindheit. Tagein tagaus, im Jahr der ‹Untiefen des Verrats› nunmehr siebenunddreißig Jahre. Amanda Aizpurietes Geburtsort, und nach wie vor Wohnort, liegt an der Rigaer Bucht. Er ist jederzeit, wenn auch nicht stets ausdrücklich, überall gegenwärtig in ihren Gedichten.

Poesie des Alltags? – Ja, doch in des Wortes doppelter Bedeutung. «Die Fensterscheibe der Zeit ist von beiden Seiten verstaubt.» Oder: «Ein Stückchen Jenseits wird dir zuteil, / köstlich wie ein vergifteter Apfel.» All-Tag...

Ich hab sie geliebt, diese verheerte Meerbucht
hab sie zu all meinen einsamen Festen
geladen oder ich war ihr Gast.
Jetzt werd ich in dieser Stadt keine Feste mehr haben.
Über das müllbesäte Leichentuch des Sandes
darf man gehn, um Abschied zu nehmen. Die Sonne
scheint
und die Trauergäste sind heiter. Die machtlose Liebe
kann man, wertlose Münze auf Wiederkehr
in die verbotenen Wellen werfen.
Ich hab sie geliebt diese Meerbucht – und zugelassen,
daß man sie umbringt.

Eine Poesie, die bezeugt, was Erinnerung vermag. «Und dieser durch die Finger rinnende Herbst / wird morgen übersetztes Inbild sein.» In ihrem Fühlen und Denken, der Übersetzung ins Bild, Spurensicherung zwischen Vergangenheit und Zukunft ist Amanda Aizpuriete, mit eigener Stimme, den Akmeisten Anna Achmatova und Ossip Mandelstam wahlverwandt.

Dieser Abend scheint verdorben.
Unter der Rinde des prächtigen Sonnenuntergangs – nur
Bitternis,
die Geheimnisse aber fort ins andre
Zeitalter geflogen ... Nun, was blickst du zur Wand?
Denkst du, es wäre Zeit, die Tapeten zu wechseln?
– Nein, aus welcher Richtung der Vogel kommt, überleg
ich,
aus der des Glücks oder Unglücks?

– Einübung in die Vogelschau? – Nein, ins Fühlen. Falls ers nicht schafft, herzufliegen.

Stimme aus dem Abseits, der Zeit auf der Spur. «Was spielt sich ab? – Ein hoffnungsloses Wunder.» Befragt über das Schreiben von Gedichten, beruft sich Amanda Aizpuriete immer wieder auf die Voraussetzungen der «Durchsichtigkeit» – der des Ich/Du ihrer Gedichte vor Kulissen, Wänden, Mauern.

Sieh die Schmierenbühne, auf der ich
mit letzten Kräften mich halte.
Sieh der Welt riesigsten Jasmin,
der einst auf meinem Hof wuchs,
und höher – den Spalt im Nachthimmel,
durch den der Engel einst absprang,
die Flügel ließ er zuhause,
wissend – gleich und gleich nur
bespricht sich in Ruhe.
Die Knöchel jasminbleich, zerschlagen,
schimmerten morgenhin auf der Rampe.
Vom Glanz geblieben nur
stummes Würmchenglühn,
fern der Engel mit seinen Schwingen.
Wie Hieroglyphen, weiße Tusche, fahl
schimmert in Staubkulissen unser Gespräch,
Jasmin ein Duft verloren darüber.

Es ist die eigene Zeit/Raum-Dimension des Gedichts, die zurück- und vorausführt, die Bühne des Schmierentheaters unter kosmischem, die Bühne von Krieg und Zerstörung unter geschichtlichem Aspekt rissig, durchlässig macht. «In diesem Sommer ist unsre Wohnung, / doch Friede erst, wenn in fernem Glück verschwundenem / Gast wir entgegengehn.» Politisch, gesellschaftskritisch hingegen lesen sich die Gedichte der Amanda Aizpuriete einzig durch ihre poetische Dialektik. «In diesem Land das jedes Geheimnis klärt [...] die Untiefen des Verrats ermessend / tränen meine Augen nicht mehr.»

Denken und Sprechen auf der Folie der Zeit, von der zu melden ist: «Es ist spät», oder: «Nichts Schöneres mehr wird kommen.» Ein Sprechen über Dinge, das nur in Zweifel gezogen werden kann. «In diesen Worten halte ich mich nicht. / Werde nicht auf der Treppe sitzen, als wär der Schlüssel weg.» Oder: «Der Wahnwitz gepriesen so oft, daß selbst Narren banal / sich vorkamen. Wörter mit ihren Bedeutungen, den eigenen, / nicht mehr stritten.» Der Zweifel richtet sich nicht zuletzt auf das Gedichteschreiben selber, wenn auch nicht auf das Gedicht als solches. «Wenig wird dir bleiben von mir, / grünäugiger Spätling. / Einige Blätter Papier, / die schwierig zu lesen», heißt es in einem späten, an ihr jüngstes Kind gerichteten Gedicht.

Um ihre Biographie befragt, antwortet Amanda Aizpuriete in einem persönlichen Brief: «Ich habe fast keine, mein Leben ist sehr einfach. Ich bin 1956 in Jurmala geboren. Nach dem Studium der Philologie und Philosophie an der Universität Riga war ich zwei Jahre am Institut für Literatur in Moskau, danach Rundfunkreporterin und unterwegs auf archäologischen Expeditionen. Jetzt bin ich

Hausfrau mit vier Kindern. Drei Gedichtbände sind von mir erschienen: ‹Die Mutter kommt in den Garten› 1980, ‹Dünenweg› 1986, ‹Der nächste Autobus› 1990. Und Übersetzungen und Nachdichtungen aus dem Deutschen, Englischen, Russischen, Litauischen, Ukrainischen; z. B. Kafka, Rilke, Trakl und Ingeborg Bachmann, Ray Bradbury und Josef Brodskij, Anna Achmatova, Ossip Mandelstam, Marina Zvetajeva...» Aber die Situation der Literatur hat sich einschneidend verändert im Lettland der neuerlangten Unabhängigkeit. Ihre materielle Basis ist von galoppierender Schwindsucht befallen. Es gibt kein Geld für Gedichte, weil selbst für Brot und Kartoffeln nicht ausreichend, was die kurzbiographische Mitteilung «Jetzt bin ich Hausfrau mit vier Kindern» in ein Licht rückt, das die Poesie des Alltags neu begreifen läßt.

Dies in Fetzen gehende Leben –
selbst es umzuschneidern sinnlos.
Die Vogelscheuche soll Staat damit machen.

Aus Löchern Dunkelschimmer
wie schwarzes Perlornat.
Wird auf die Fetzen der Geier fliegen

oder zumindest der Wind?
Oder muß ich mich selber packen selber vergraben
im Garten, daß nicht Ratten danach scharrn?

Die existentielle Bedrohung schärft den Blick, sie wird über den privaten Bereich hinaus als global ausgreifend erfahren. Von Anfang an, dort, wo das Gedicht der Amanda Aizpuriete zu sich selber kommt, dominiert die Todesthematik, bis zu geisterhafter, wenn auch immer an diesseitigem Ufer verankerter, sich nie ins irritierend Vage ablösender Perspektive. Es blickt voraus im Erinnern, erinnert in der Vorausschau. Aber hält sich ans Private. Wüßte man es nicht, man könnte es unschwer erraten, daß Amanda Aizpurietes Herkunft im Jüdischen und Zigeunerischen wurzelt. Das letztere wird schließlich auch direkt und indirekt thematisiert. «Diese Dichter und Zigeunerinnen – die, / wie immer voraussehn. Es ist spät.» Oder: «Der stolze Markttisch beladen / mit finsteren Gästen und Geldgeklimper. / Wer zuzahlt, dem glüht noch das Biwakfeuer des Herbstes.» Die Verwurzelung im Wurzellosen / Heimatlosen – «Ich bin die Nichthergehörige, ja, gehör nicht her [. . .] Will nicht geführt sein / in der Vermißtenliste.» – macht Amanda Aizpuriete zur Schwester der Zvetajeva, für die feststand: die wahren Dichter sind allemal Juden, auch ohne den Nachweis anhand ihres Stammbaumes.

So ist ihr die Größe gegeben, an eine Zeit, die ins nicht mehr entzifferbar Unenträtselte abgestürzt ist, das hoffnungslose Wunder der Poesie zu überliefern.

Wenn der Saft siedet unter der ruhigen Schale der Früchte,
der Schmetterling verendet, im entflochtenen Geflecht
des Tages hoffnungslos verfangen,
auf den Flügeln des Schmetterlings unenträtselt – wie dein
Gesicht – schwindet die Schrift,
schmelzende Waben und vom Gedicht bleibt nichts als der
schwarze Docht der Leidenschaft.

Die deutsche Version der in diesem Band versammelten siebzig Gedichte ist das Ergebnis einer Gemeinschaftsarbeit, an der Amanda Aizpuriete selber, die in Hamburg lebende lettische Exilautorin Margita Gūtmane, der in Finnland lebende deutsche Übersetzer Horst Bernhardt und der Ostberliner Autor Richard Pietraß vorbereitend beteiligt waren. Eine von den Anrainerländern des Mare balticum veranstaltete Literaturkreuzfahrt zu Beginn des Jahres 1992 war der Ausgangspunkt.

Amanda Aizpuriete sei gedankt für das Vertrauen, das sie dem des Lettischen nach wie vor nicht mächtigen Herausgeber und Übersetzer entgegengebracht hat. Ihre und Margita Gūtmanes Vorarbeit und Hilfe waren unerläßlich bei der Entstehung dieses Auswahlbandes.

Karakallio, Mai 1993 Manfred Peter Hein

Inhalt

Amanda Aizpuriete, geboren 1956 in Jurmala bei Riga, Philologie- und Philosophie-Studium in Riga und Moskau, lebt in Jurmala. Übersetzungen und Nachdichtungen aus dem Russischen, Deutschen, Englischen, Litauischen und Ukrainischen. Drei Gedichtbände liegen auf lettisch von ihr vor: «Die Mutter kommt in den Garten» (1980), «Dünenstraße» (1986) und «Der nächste Autobus» (1990).

Manfred Peter Hein, geboren 1931 in Darkehmen/Ostpreußen, lebt seit 1988 in Finnland. 1984 wurde ihm der Peter-Huchel-Preis verliehen, 1987 erschien bei Rowohlt sein Gedichtband «Zwischen Winter und Winter». 1993 erschien der Band «Ausgewählte Gedichte. 1956–1986».